SYLLABAIRE

Gradué

SUIVANT L'ANCIENNE ÉPELLATION

Par **M. P.**, instituteur.

— ❖ —

L'ancienne épellation a, sur les autres
méthodes, l'avantage incontestable de
préparer l'enfant à l'orthographe.

DOMFRONT (Orne),

IMPRIMERIE-LIBRAIRIE DE F. LIARD,

A la Bible d'Or, rue St-Julien.

—

1862.

Ⓒ

A LA MÊME LIBRAIRIE :

Tableaux de lecture gradués, suivant l'ancienne épellation, par le même. Prix : 1 fr. 50, Franco par la poste 1 fr. 60

SYLLABAIRE GRADUÉ.

—•—

NOTA. — On ne doit commencer l'étude d'une série de lettres que lorsque l'élève connaît parfaitement les précédentes.

Voyelles.

a e i o u y

(eu)

Exercice.

a o i e y o u e i u o e a e
u o y u i a

Consonnes (1ʳᵉ série).

b c d f g h j k l

Exercice.

b d g j l c f h k c j h c h
b d l f d b h k

(2ᵉ série).

m n p q r s t v x z

Exercice.

m p r t x n q s v z n m q
p z x s r t v

Récapitulation.

a c s h b d q p f l u m n
v y j g z r s o p c e t c e g
j q d p s c b k d a n t r
b d p m s u n t e c f q p
z x y v l i m n o a s z r

Majuscules.

a b c d e f g h i j
A B C D E F G H I J
k l m n o p q r s t
K L M N O P Q R S T
u v x y z
U V X Y Z

Exercice.

B R Q O P F E K X N M Z

X Y H G C J I S A L U R D

T Q P N V E B O L N D C

Accents.

(accent aigu) (accent grave) (accent circonflexe) (apostrophe)

é   è   ê   É   È   Ê

Exercice général.

è ê é L f F n M u G c g É

r q d o E t I j D ' a P e z

A ô R s i T b d p q N j Q

h u v H m Y i B n U E x

r C G y L ' é c è x J b é Z

f r K o d X t l u S è î u

Syllabes directes.

Ba	be	bé	bè	bê	bi	by	bo	bu
Da	dé	dê	dy	du	de	dè	di	do
Fé	fu	fe	fi	fa	fô	fy	fè	fê
Ju	ji	jê	jè	jé	je	ja	jo	jy
Ka	ko	ke	ki	kè	ku	kê	ky	ké
Li	le	ly	la	lé	lè	lo	lu	lè
Mè	mu	mê	mi	mo	my	mé	me	ma
No	né	na	ne	nè	nu	ny	nê	ni
Pé	pi	pè	pu	pa	pê	po	py	pe
Ry	ro	ri	ru	ré	re	ra	rê	rê
Sê	su	sè	se	si	sé	sy	sa	se
Tu	ta	ty	ti	to	tê	te	tè	té
Vo	vê	vi	vé	vu	va	vè	ve	vy
Xa	xi	xé	xo	xê	xe	xu	xy	xè
Ze	zy	zo	za	zé	zu	zi	zè	zê
Ca	co	cu	ce	cy	cê	cé	ci	cé
Qua	quo	qu	que	qui	qué	quê	quy	què
Go	ga	gu	gi	gè	ge	gy	gê	gé
Guo	gua	gu	guy	gué	gue	gui	guè	guè
Che	chê	cha	ché	chi	chè	cho	chu	chy

Mots.

Jo-li	Pa-ri	Ce-ci	Fi-gue
Da-me	Mi-ne	Ce-la	Zé-ro
A-mi	Po-li	Ma-ri	Gui-de
Ca-fé	Rô-ti	Mo-de	Cha-que
Li-me	Ca-ve	Vi-de	Va-che
Ki-lo	Rê-ve	Ra-ge	Ga-ge
Cu-ré	Fê-te	Li-gue	Pâ-que
Mi-di	Mû-re	Fa-ce	Châ-le
Ca-ge	Ri-xe	Pi-le	Guê-pe
Lu-ne	Mo-ka	Ba-gue	Di-gue
Ra-ve	Mu-le	Co-que	Ri-che
Ro-be	Pi-pe	Pu-ce	Chè-re
É-pi	Lo-to	Ni-che	Pi-que
Pa-vé	Da-te	Lo-ge	Chê-ne

* Ma-la-de	Fa-ti-gue	Do-ci-li-té
Lé-gu-me	Pi-qû-re	Pa-ci-fi-que
Sa-la-de	Qua-li-té	Ca-pu-ci-ne
Ca-ra-fe	Fi-gu-re	Ba-di-na-ge
Dé-ci-me	Chi-ca-ne	A-mé-ri que

* Nous croyons qu'il est avantageux de faire assembler les syllabes à mesure que l'élève les épelle, ex : m-a-ma, l-a-la, ma-la, d-e-de, ma-la-de.

Ma-li-ce	Bo-ca-ge	Ci-vi-li-té
Do-mi-no	Cha-ri-té	Zi-be-li-ne
I-ma-ge	Fi-xi-té	Sy-no-ny-me
Mo-dè-le	Co-li-que	Do-mi-ci-le
Sa-va-te	Ma-chi-ne	Sy-na-go-gue
É-lè-ve	Po-ly-pe	Ca-ra-bi-ne
Pe-lu-re	Li-ma-ce	Po-li-ti-que
Do-ci-le	Gui-ta-re	Pâ-tu-ra-ge
Na-tu-re	Li-qui-de	É-qui-pa-ge

Phrases.

A-dè-le a bu du ca-fé. — La vi-pè-re pé-ri-ra. — Lè-ve la tê-te. — É-mi-le a vu u-ne da-me. — L'é-lè-ve do-ci-le se-ra dé-co-ré. — Ca-ro-li-ne a sa-li sa ro-be. — Ré-my a chu-cho-té à l'é-co-le. — L'a-xe de la py-ra-mi-de. — Ré-vè-re le ga-ge de la fi-dé-li-té. — Po-ly-do-re a re-le-vé le mo-dè-le. — La ba-gue de Fé-li-ci-té. — Le pi-lo-te di-ri-ge-ra le na-vi-re. — Jé-rô-me a la co-que-lu-che.

— La qua-li-té de la fa-ri-ne. — Ce re-mè-de te gué-ri-ra. — A-na-to-le se fa-ti-gua sa-me-di.—Ma mè-re di-ra la vé-ri-té.—Le na-vi-re ve-nu de l'A-mé-ri-que.—Zo-é a dé-chi-ré sa ju-pe.—La ci-vi-li-té te gui-de-ra.— La na-tu-re fi-xe-ra l'é-tu-de du sa-ge. —Sa-me-di le ca-rê-me fi-ni-ra.—De la pà-te de ju-ju-be.—Le ca-ma-ra-de de Re-né se-ra pu-ni.—U-ne li-me po-li-ra la ma-chi-ne.—La ti-ge de la tu-li-pe. — Cé-li-ne a é-ga-ré sa pe-lo-te.—La cha-ri-té de l'é-vê-que. — Ce-la me ta-qui-ne.—U-ne ri-che pi-pe d'é-cu-me.—La ca-ge de ce jo-li ca-na-ri

Syllabes inverses.

Ab	eb	ib	ob	ub	Ap	ep	ip	op	up
Ac	ec	ic	oc	uc	Ar	er	ir	or	ur
Ad	ed	id	od	ud	As	es	is	os	us
Af	ef	if	of	uf	At	et	it	ot	ut
Al	el	il	ol	ul	Ax	ex	ix	ox	ux

Bac bal bar bel ber bil bir bol bor
bul bur — Dac dar der dif dor duc
dur dal des dis doc — Far fil fur fes
fol fac for ful fir fal fer — Jas jar
jes jat jus jor jac jet jal jer jap —
Lis lec lar lur loc las ler lus lur lir
lor — Mur mol mis mel mac mor
mil mar mul mer mal

Nal net nul nar nis nor nac nel nir
nor nup — Per pal par pul por pis
pel pac pur pir pos — Roc ris rus
rac rel ril ros rup ras ral res —
Sal sac sar sel ser sil sir sol sor sul
sur — Tur tol tor tul tar ter tir tel
tac tal til — Vil vac val vir vel vol
vur vul vor ver var

Xal xir xil xas zor zir zis zig zes
zac zag —Cas car col cur cal cor cul
cer cil cir cel —Quas quar quel ques
qu'il quir quer quit quil qu'el qu'at
—Gas gor gul gur gol gar gaz gir

gel ger gil — Chal choc chul chir chol cher chil char chel chas chef

---

Mots.

For-ce Ves-te Bar-be For-ge Bor-ne Pos-te Ar-me Ca-nif Mé-tal Car-te Por-te Tar-te Ger-be Ver-tu Dé-gel Or-gue—Myr-te Per-le Cor-ne Sal-le Ter-me Bos-se Por-che Gam-me Ar-che Mas-que Gar-de Mer-ci Tor-che Pul-pe Bas-que Lar-ge — Guer-re Mar-tyr Zig-zag Char-me Gar-nir Dor-mir Cher-té Chas-te Mar-que Char-ge Es-quif Bar-que Cas-que Mor-gue Per-che Char-te — As-per-ge Cu-lot-te Cor-ri-dor Ser-ru-re Mar-mi-te Char-ret-te Cap-tu-re É-tof-fe Car-ros-se Per-ru-que Que-rel-le Mur-mu-re Ca-po-ral Ex-ces-sif A-ver-tir Pis-ta-che — Mys-tè-re Col-lé-ge Ex-cep-té Vir-gu-le Col-li-ne Com-mer-ce Im-mor-tel

É-char-pe Ter-ras-se Mar-mot-te Bi-zar-re Qua-tor-ze Per-ver-tir Pos-ses-sif Ma-ré-chal Bas-cu-le—Es-ca-bel-le Al-lu-met-te É-car-la-te Las-si-tu-de Fa-cul-ta-tif Dif-fi-cul-té Ex-pé-di-tif Mar-gue-ri-te Ap-par-te-nir Car-ni-vo-re Bet-te-ra-ve Sul-fu-ri-que Es-par-cet-te Do-mes-ti-que Par-ti-cu-le Dic-ta-tu-re

Phrases.

Vic-tor a dor-mi sur la ter-ras-se. — Le che-val ré-tif a é-té fer-ré par le ma-ré-chal. — La bal-le a sor-ti de l'ar-me a-vec for-ce.—Por-te, a-vec ta char-ret-te, cet-te char-ge à la vil-le.—Ur-su-le a per-du sa ba-gue de cor-na-li-ne.—Mar-cel a ter-mi-né l'é-tu-de du sol-fé-ge. — La ber-ge-ron-net-te a per-ché sur le char-me qui bor-de le ca-nal.—La for-ge mar-che-ra mar-di. — Il m'a

cher-ché que-rel-le.—Le cor-da-ge
du na-vi-re ar-rê-te-ra la bar-que.—
Fé-lix se ser-vi-ra d'u-ne al-lu-
met-te chi-mi-que.—Le che-val de
ra-ce per-che-ron-ne. — Mi-chel a
per-du le ca-nif de sa mè-re.— La
ser-ru-re de l'or-gue ne se fer-me
qu'a-vec dif-fi-cul-té.—U-ne pal-me
im-mor-tel-le or-ne-ra la tê-te du
mar-tyr.—Oc-ta-ve a ver-sé de l'a-
ci-de sul-fu-ri-que sur sa cas-quet-te.
— Ar-sè-ne a per-cé l'é-tof-fe de sa
ves-te.—Le ca-po-ral de la gar-de
se-ra ac-quit-té.—Le do-mes-ti-que
a res-té à la por-te de la fer-me.—
Le gar-de ma-ti-nal guet-te-ra l'a-
ni-mal car-ni-vo-re.—Le car-ros-se
de l'ar-che-vê-que pas-se-ra par la
vil-le.—Nes-tor a vu l'a-mi-ral du
na-vi-re. — Le fil d'ar-chal de la
son-net-te a é-té cas-sé

Articulations composées.

Bla ble blé blè blê bli bly blo blu
Bra bré brê bry bru bre brè bri bro
Clé clu cle cli cla clê cly clè clo
Cru cri crê crè cré cre cra cro cry
Dra dro dre dry drè dru drê dri dré
Fli fle fly fla flé flè flo flu flè
Frê fru frè fri fro fré fry fre fra
Glo glé gla gle glè glu glï glê gly
Gna gni gnu gnè gné gny gnê gne gno
Gré gry grè gru gra grê gro gri gre

|Fa |fé |fu |fè |fi |fo |fy |fe |fê
|Pha|phé|phu|phè|phi|pho|phy|phe|phê
Ply plo pli plu plé ple pla plê plè
Prê pru prè pre pri pré pry pra pro
Spu spa spi spy spo spê spe spè spé
Sto stè sti ste stu sta stê sté sty
Sca sco scu sce scé scè scê sci scy
Tri tra tré tro trê tre tru try trè
Vre vri vro vra vré vru vry vrè vrê

Voyelles composées.

ai au eu ou oi an in on un
è   o   e   oua

Exercice.

ai	eu	oi	in	un	au	ou	an	on	eu
au	un	ou	ai	un	on	in	oi	au	on
ou	ai	un	on	oi	in	eu	au	an	ou

Bai	bau	beu	bou	boi	ban	bin	bon
Dai	deu	doi	din	dun	dau	dou	dan
Feu	fin	fau	fan	fai	foi	fun	fou
Jin	jan	joi	jon	jeu	jau	jai	jun
Lan	lon	lau	lun	lou	lai	leu	loi
Mon	man	mou	meu	min	moi	mai	mun

Nan	neu	noi	nun	nan	nai	nin	nou
Peu	pun	pai	pou	pon	pin	pan	poi
Run	rou	rin	roi	rau	ran	rai	ron
Sou	soi	san	sai	seu	son	sau	sin
Toi	tai	ton	tin	tun	tau	teu	tan
Vai	vin	vau	van	vou	veu	vun	von
Zin	zen	zeu	zou	zoi	zun	zon	zau

|Cai |cau |cou |coi |can |con |cun ceu
|Quai |qu'au |qu'ou |qnoi |quan |qu'on |qu'un queu
Gau goi gon gai gou gan gun gin
Choi chai chan chin chau chon chou chun
Gneu gnou gnau gnan gnoi gnan gnon gnin
Blou blau bloi blon blai blin blan bleu
Pran prin pron proi prou preu prun prai

Signes de la ponctuation.

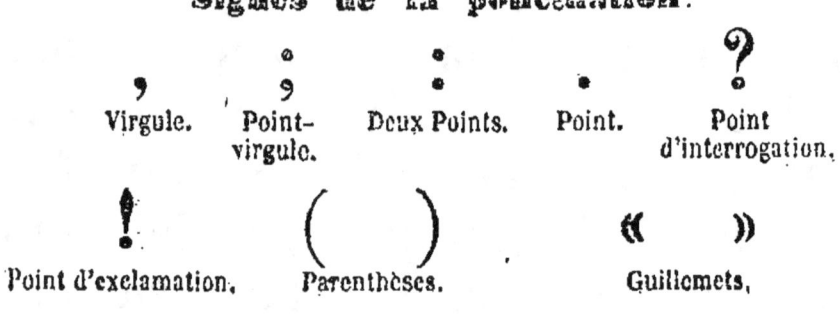

,	;	:	.	?
Virgule.	Point-virgule.	Deux Points.	Point.	Point d'interrogation.

!	( )	« »
Point d'exclamation.	Parenthèses.	Guillemets.

Mots.

Mai-gre On-cle Tan-te Che-veu
Mou-lin Char-bon Meu-le Bou-ton Peu-
ple Pou-tre Bou-chon Ro-gnon Pe-pin
Char-don Jar-din Mou-ton — Trou-
ble Pau-vre Feu-tre Meu-ble Nan-kin
Mou-choir Lor-gnon Bran-che Cha-
cun Co-quin Si-phon Quel-qu'un

Bour-don Ai-gle Sty-le Cou-leur —
É-pau-le A-veu-gle Fro-ma-ge A-
man-de Pan-ta-lon Fon-tai-ne Pan-
tou-fle Four-chet-te Cou-ver-cle
Qua-ran-te Ré-mou-leur Ro-man-ce
Mer-cre-di Mou-che-ron Con-trai-re
Cin-quan-te — Sou-cou-pe Châ-tai-
gne Cou-leu-vre Guir-lan-de Sau-
cis-son Par-che-min Bai-gnoi-re
Spa-tu-le É-gout-toir Ban-quet-te
Gué-ri-don Ou-vra-ge De-meu-re
Cla-ve-cin Ar-moire Ca-pu-chon —
A-bon-dan-ce Ré-pri-man-de A-pos-
tro-phe Ré-pu-bli-que Pur-ga-toi-re
Es-pé-ran-ce Por-ce-lai-ne Gé-o-
gra-phe Can-dé-la-bre Sca-pu-lai-re
Tour - ne - bro-che Ti - re - bou - chon
Pré-ve-nan-ce Con-fi-tu-re Poi-vri-
è-re Dé-crot-toi-re.

Phrases.

Je trou-vai sur mon che-min un

pau-vre mou-ton é-ga-ré. — An-
toi-ne a trou-é le pan-ta-lon de nan-
kin qu'il a por-té tou-te la se-mai-
ne.— Il a man-gé à son dî-né u-ne
tran-che du ro-gnon que sa mè-re
a pré-pa-ré. — Mon pè-re a cas-sé
l'an-se de cet-te bel-le tas-se de
por-ce-lai-ne du Ja-pon, — J'i-rai
moi-mê-me se-cou-rir le pau-vre qui
man-que du né-ces-sai-re. — Le bû-
che-ron cou-pe-ra cet-te ra-ci-ne
in-com-mo-de qui gê-ne la mar-che.
— La clo-che a tin-té ce ma-tin. —
Ap-por-te-moi le li-vre pla-cé sur
le gué-ri-don. — Mar-gue-ri-te a un
mou-choir de cou-leur rou-ge. —
É-par-gne ton che-val, il boi-te un
peu, il se fa-ti-gue-ra à cou-rir de la
sor-te. — Al-phon-se a chan-té u-ne
ro-man-ce qui a plu à cha-cun. —
Pau-li-ne ar-ran-ge-ra ce soir l'au-

tel de la cha-pel-le. — Le pè-re
Mar-tin par-ti-ra pour la ca-pi-ta-le.
— Le pin-son que ma tan-te m'a
don-né a chan-té ce ma-tin.

Principales équivalences.

ai — ais, ait, ei, an — ans, ant, and,
   et, es, est.   am, en, ens,
au — aux, aut, eau   ent, end, em.
   eaux, os, ot. in — ins, int, ain,
eu — eux, eut, œu.   ains, aint, ein
ou — ous, out ,   eins, eint, im
   oux, oue.   aim.
oi — ois, oit, oix, un — uns, um.
   oie.   é — er, ez.

Diphthongues.

ia, ié, iè, io, ieu, ian,
ien, ion, ui, oui, oin,

Mots.

Je chan-tais, il par-lait, la pei-ne,
un pis-to-let, tu es, il est. — Deux

che-vaux, un le-vraut, le seau, les bu-reaux, le re-pos, un fa-got. — Je veux, il peut, un ma-nœu-vre, des vœux. — Vous, tous, les ge-noux, la joue. — Les lois, le toit, la voix, la soie, il joua. — Sans, l'en-fant, un mar-chand, la jam-be, les gens, u-ne dent, il rend, un mem-bre. — Je vins, il tint, le pain, les mains, il craint, le sein, je peins, il at-teint, un tim-bre, la faim. — Les uns, le par-fum. — Un pê-cher, le nez. — Dia-cre, pié-té, liè-vre, fio-le, Dieu, vian-de, bien, pion, nuit, Louis, soin.

Phrases.

Vous a-vez la toux. — Il faut al-ler cher-cher de l'eau, dans ce pot, pour a-breu-ver les veaux. — Le prin-temps est le temps des fleurs. — Pre-nez pi-tié du pau-vre, tendez-lui la main, se-cou-rez-le. — Je crains Dieu et ce-lui qui ne le craint pas. — Ren-dez à cha-cun le sien. — Les im-por-tuns se font chas-ser. — A l'œu-vre on con-naît l'ou-vri-er. — Un gros pei-gne d'i-voi-re. — L'en-fant peu-reux ne veut ja-mais sor-tir la nuit. — Dieu nous voit ; crai-gnons de l'of-fen-ser. — Si pe-tit qu'il soit, un che-veu fait de l'om-bre. — É-douard a le front rond et le teint co-lo-ré. — La faim chas-se le loup du bois.

NOTA. — Avant de faire lire un alinéa, le maître expliquera les anomalies qui s'y trouvent.

Mots.

(1) Drap, bras, plat. — Nid, gris, lit, prix. — Trop, gros, lot. — Plus, but, flux. — Tard, jars, part. — Vers, des-sert, il perd. — Bord, mors, port. — Lourd, tours, court.

(1) Les consonnes finales d, p, s, t, x, sont presque toujours nulles.

— Pleurs, il meurt. — Vê-pres, tu chan-tes, tu ré-ci-tes.

— Ba-se, ro-se, ce-ri-se, ex-cu-se, chai-se, blou-se, cau-seu-se, frai-se, ca-sier, ma-ga-sin, be-soin, po-ser, moi-sis-su-re.

— Ac-tion, par-tial, fac-tieux, pa-tient, sta-tion, mar-tial, quo-tient, po-tion, é-gyp-tien, at-ten-tion, mi-nu-tieux.

—Pail-le, rouil-le, bouil-lie, brouil-lon, fil-le, vril-le pa-reil, som-meil, ba-tail-le, fau-cil-le, meil-leur, an-guil-le.

Phrases.

Le tra-vail con-duit à la for-tu-ne. — L'oi-si-ve-té cau-se la mi-sè-re et la rui-ne des fa-mil-les. — Mes en-fants, é-tu-diez a-vec at-ten-tion, tra-vail-lez a-vec ar-deur: c'est le moy-en de de-ve-nir sa-vants. —Tu re-ce-vais les poi-res à me-su-re que je les cueil-lais.—Le so-leil ne ces-se pas d'en-voy-er ses ray-ons bien-fai-sants dans l'es-pa-ce sans bor-nes.— Le coq nous ré-veil-le par son chant ma-ti-nal. — Ces plu-mes sont mal tail-lées; je leur pré-fè-re un cray-on. — En-fants, soy-ez sa-ges, pieux et o-bé-is-sants : vous se-rez la con-so-la-tion de vos pa-rents dans leur vieil-les-se. — Le ver-re sert à fa-bri-quer des bou-teil-les et des va-ses de tou-tes sor-tes. — Le roy-au-me des Cieux est des-ti-né à ceux dont les ac-tions sont jus-tes. — J'ai trou-vé un nid d'oi-seaux dans le grand ro-sier qui ta-pis-se la mu-rail-le. — U-ne po-si-tion mé-dio-cre pro-cu-re sou-vent u-ne fé-li-ci-té du-ra-ble. — Nous a-vons des o-reil-les pour en-ten-dre et des yeux pour voir. —

U-ne frac-tion est u-ne portion de l'u-ni-té. — Ne soy-ez pas durs en-vers les a-ni-maux ; ne les mal-trai-tez ja-mais. — Un en-fant ba-vard et in-do-ci-le se fait sou-vent pu-nir. — Ne vous fai-tes ja-mais ap-pe-ler pa-res-seux.

Mots.

[1] Hom-me, ha-bit, mal-heu-reux, thé-â-tre, chré-tien, de-hors, in-hu-ma-ni-té, les ha-rengs, l'hor-lo-ge, la hai-ne, é-hon-té.

— (ç cédille) Fa-ça-de, ma-çon, re-çu, le-çon, François, poin-çon, je tra-çai, il per-ça, nous com-men-çons, il re-çoit.

— Ba-di-geon, man-geoi-re, ga-geu-re, fla-geo-let, pi-geon, je ran-geai, tu man-geas, il lo-gea, nous par-ta-geons.

(1) La lettre h est nulle, lorsqu'elle n'est pas précédée d'un c ou d'un p.

—Ils ai-ment, ils fi-nis-saient, ils re-cu-rent ; les en-fants li-sent, ils jouent, ils se fâ-chent, ils pleu-rent, ils se con-so-lent.

— J'eus, tu eus, il eut, nous eû-mes, vous eû-tes, ils eu-rent, j'a-vais eu, vous eus-siez eu, ils eus-sent eu.

Phrases.

L'his-toi-re nous re-tra-ce les hauts faits des hé-ros. — Beau-coup d'hom-mes louent la ver-tu, mais peu la pra-ti-quent. — Le vé-ri-ta-ble chré-tien ne s'a-ban-don-ne pas à la hai-ne.— Vous a-vez eu la rou-geo-le cet-te an-née, moi, je l'eus l'an-née der-nière. — Les é-co-liers qui tra-vail-lent a-vec ar-deur re-çoi-vent des ré-com-pen-ses ; au con-trai-re, ceux qui né-gli-gent leurs de-voirs sont pu-nis im-pi-toy-a-ble-ment. — Le houx est un ar-bris-seau qui con-

ser-ve ses feuil-les pen-dant l'hi-ver.
— Est-ce vous qui eû-tes le prix de
sa-ges-se à la dis-tri-bu-tion gé-né-
ra-le ? — Com-bien sont dou-ces les
jouis-san-ces que pro-cu-re u-ne
cons-cien-ce ex-emp-te de re-mords!
— Ay-ez soin de vous fai-re u-ne
bon-ne ré-pu-ta-tion, el-le vous se-ra
plus a-van-ta-geu-se que les ri-ches-
ses.

Chiffres.

1	2	3	4	5	6
Un.	Deux.	Trois.	Quatre.	Cinq.	Six.

7	8	9	0
Sept.	Huit.	Neuf.	Zéro.

Exercice.

1	3	5	7	9	2	4	6
8	0	3	5	9	6	2	8
4	7	1	0	6	3	8	5
9	4	7	0	1	9	2	5
7	6	8	4	3	0	2	9
7	8	6	3	1	4	2	5

Conseils aux Élèves.

1. — Mes pe tits a mis, si vous a vez é tu dié a vec soin les ex er ci ces qui pré cè dent, vous ê tes main te nant en é tat de li re les con seils que je veux vous a dres ser pour vo tre bien.

2. — En sui vant ces con seils, vous con ten te rez vos pa rents et vo tre maî tre, et vous au rez la sa tis fac tion d'a voir bien rem pli vo tre de voir.

3. — De plus, le maî tre vous a dres se ra des é lo ges, et, au lieu de vous pu nir, il vous don ne ra des ré com pen ses.

4. — Ces ré com pen ses, vous les em por te rez chez vous, et vous les mon tre rez à vos pa rents, com me un té moi gna ge de vo tre ap pli ca tion et de vo tre bon ne con dui te.

5. — Sou ve nez-vous que Dieu voit tout, et que si vous com met tez quel que mau vai se ac tion, vous ne pour rez la dé ro ber à ses re gards pé né trants.

6. — Pre nez donc la ré so lu tion de vous con dui re en tou te cir cons tan ce com me si vo tre maî tre pou vait vous a per ce voir.

7. — Le vez-vous de bonne heure; c'est une excellente habitude qu'il est utile de prendre dès sa jeunesse.

8. — Ne manquez pas de vous laver, chaque matin, les mains, le visage, le cou et les oreilles et de vous peigner avec soin.

9 — Faites ensuite votre prière avec respect et attention, n'oubliant pas que c'est à Dieu que vous parlez.

10. — Partez de chez vous de manière à vous rendre exactement à l'heure de l'école, et ne vous amusez pas en route, vous vous exposeriez à arriver trop tard et à vous faire punir.

11. — Ayez soin de saluer les personnes que vous rencontrerez sur votre chemin. Il est si beau de voir des enfants polis et bien élevés!

12. — Rappelez-vous qu'il ne faut

pas fai re aux au tres ce que ne vou-
dri ez pas que les au tres vous fis-
sent.

13. — Ne frap pez donc ja mais vos
ca ma ra des, ne leur fai tes au cun
mal et ne leur don nez pas de noms
in ju rieux.

14. — Au con trai re, soy ez o bli-
geants à leur é gard, ren dez-leur
ser vi ce lors que vous le pour rez,
et ils vous o bli ge ront à leur tour.

15. — Ne vous per met tez ja mais
de com met tre au cun dé gât sur les
pro pri é tés près des quel les vous
pas sez, car ce lui qui a git ain si se
rend cou pa ble.

16. — Sa lu ez po li ment vo tre maître en ar ri vant à l'é co le, et so yez
tou jours res pec tu eux à son é gard,
car il tient près de vous la pla ce
de Dieu et de vos pa rents.

17. — Mon trez - vous re con nais-
sants des soins qu'il vous don ne, et

ne l'at tris tez pas par vo tre dé so bé
is san ce.

18. — U ne fois en trés en clas se,
soy ez tran quil les et si len cieux, et
é cou tez at ten ti ve ment les ex pli-
ca tions que le ma ître vous fe ra,
a fin d'en pro fi ter.

19. — É tu diez vos le çons a vec
soin , car les pa res seux se font
met tre en re te nue et sont ain si
pri vés de ré cré a tion.

20. — Pen dant la le çon de lec tu re,
sui vez a vec at ten tion lors que vos
ca ma ra des li ront, et vous pro fi te-
rez com me si vous li siez vous-
mê mes con ti nuel le ment.

21. — Gar dez-vous de rap por ter
ce qui se pas se dans la clas se,
lors que vous n'y ê tes pas in té res-
sés, car les rap por teurs se font
dé tes ter et sou vent le maî tre les
pu nit.

22. — Pre nez bien soin de vos li-

vres et autres affaires de classe,
afin de les conserver; il n'y a que
les mauvais écoliers qui déchirent
et salissent leurs livres et leurs
cahiers.

23. — Ne vous absentez pas de l'é-
cole sans un motif grave, car le
temps perdu ne se rattrape jamais.

24. — Celui qui manque souvent
à l'école ne fait aucun progrès et
voit ses camarades le devancer
l'un après l'autre.

25. — Lorsque la classe est finie,
retournez chez vous tranquillement,
en vous abstenant de crier et
de faire du tapage le long des
rues.

26. — Ne soyez pas cruels envers
les animaux; songez qu'ils souffrent
comme nous: celui qui les mal-
traite sans motif a un mauvais
cœur.

Nous conseillons, pour faire suite au syllabaire, le premier livre
de l'enfance, par M. DELAPALME.